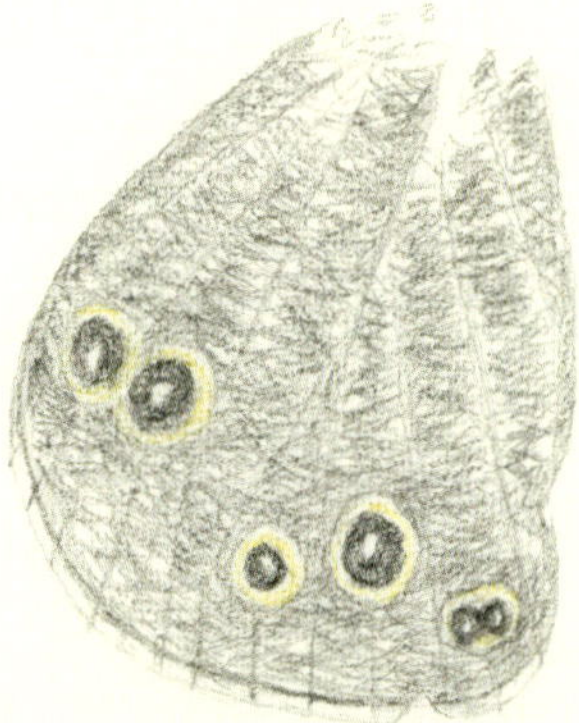

その路地をぬけて

岩阪恵子

思潮社

目次

その路地をぬけて　10
雑木林　12
車善六　14
堤防で　18
豆腐　20
ひとりでいると　22
ノシメトンボ　24
凧を揚げるおばさん　26
この世　28
黄葉——一本の山もみじの木に　32

木漏れ日　34
蟬のぬけがら　36
公園　42
サルマタと半ズボン　46
色　50
眠り　52
ハエトリグモ　54
痛いよ、痛いよ　56
春　60

生きている　62
いのちの洗濯　64
夜の色、わたしの　66
鳥、ほか　68
目玉クリップ　74
昼の星　76
腹を病むと　78
ポップコーン　80
大だこ焼　82

嫩葉　86
すかんぽ　88
古い朝鮮の人形　92
いつもすこし　96
ヘビの子供　98
昼下がり　100
雨　102
スズメガの幼虫　106
「夕焼け小焼け」　108

装幀＝清岡秀哉

その路地をぬけて

その路地をぬけて

低い屋根や板塀のつらなる路地をぬけ、母親のつかいで米屋や酒屋へ行くとき、その近道を通った。駄菓子屋へのわくわくする往復にもそこを通りぬけた。行きは握りしめた硬貨を落とさぬよう急いだが、さんざん迷ったすえに結局いつもの菓子を買って、それをしゃぶりながら家へ戻るときには時間を惜しんだ。軒と軒がきわどく接している、人ひとり通るのがやっとという路地には、たまにドブネズミの死骸が転がっていたりした。

板塀の上からサルスベリの淡紅の花がこぼれかかっているのをうっとり見あげたあと、ふとふり返ってみれば、今しがた通りぬけてきた細い路が、そしてこれから通るはずの路が見当たらなかった。日は白く薄くふりそそいでいたが、ひとの影も犬や猫の姿もなかった。そうか、夢を見ているのだな、と思った。夢なら、目が醒めればいつもの寝床に横たわっている自分がいるはずだ。わたしは目をとじた。ぎゅっと固く閉じたのちに開けば、なにもかも元の通りになっているはずだ。

そうしてわたしは目を開ける。空が頭のすぐ上に、手を伸ばせば届きそうなところにある。まっさらな風が冷たい櫛で髪を梳いていく。ビルの屋上の狭いコンクリートの縁の上に両足をのせ立っている自分がいる。

雑木林

頭や肩にあたるものがある。足もとの地面を埋めていくものがある。見上げれば、木の枝々からしげしげと葉が落ちてくる。佇んで受けとめるとき、降り落ちてくるものはあるときは充足という言葉のようにも微笑む。別のときは悲哀という感情のようにも胸を締めつける。

わたしのほかにだれもいない林のなかで、静まりかえったそのなかで、ときおりぽとっ、ぽとっと音が響く。見上げれば、幾本もの大きなトチノキ、数えきれないほどのクヌギやコナラ。季節になったので、それらが熟した実を落としているのだ。

果たしてわたし自身に、自らの重みで落ちてくるような稔りはあったか。

車善六

車善六は、シナリオを書く前には、ひとしきり台所で茶碗や鍋なんかを洗う。磨き砂をつけてぴかぴかになるまで磨く。または包丁をとぐ。このほうが食器洗いよりも彼の好みにあっているから、包丁はよくとがれていまだ錆びたことがない。しかし台所のものをぴかぴかにしたところで、いい具合に原稿が書きはじめられるかというと、そうもいかない。*

辻征夫は、詩を書く前には靴を磨く。五足も六足も下駄箱にあるたけ磨くこともあれば、部屋のなかを片付けたり、だれにでもいい、電話をかけたりもする。することがなくなったら自分の部屋のなかをうろうろする。じゃあそれで詩がかけるかっていうと、なかなかどうしてそうは問屋がおろさない*。

原稿を書く前には、わたしは机の上を掃除する。窓の外を眺め、爪を切り、猫と遊ぶ。猫のトイレをきれいにし、砂を足してやり、床の上のゴミを拾う。外は雲ひとつない空なのに、わたしのなかには大きな漬物石が横たわる。ようやく机の前に座っても、白い紙は白いまま、鉛筆を握った手はこれっぽっちも動かない。

多かれ少なかれ物書きというのはたいていこんな体たらくで、昼も夜も過ごしているのです。傑作なんざ、夢のまた夢。

＊中野重治の小説「空想家とシナリオ」から
＊辻征夫の詩「ハイウェイの事故現場」から

堤防で

人造湖の堤防の上からは、遠くに秩父の山なみが濃い藍に染まって眺められ、その左方にはうっすらと冠雪した富士山がのぞめた。吹きすさぶ北からの風に湖の水はひっきりなしに煽られ、いちめん波立ち岸に激しく打ち寄せていた。渡り鳥の姿もなく、湖面のところどころに意図して作られたような泡と落葉のたてじわが寄っていた。そのあたりのなにもかもを風が毟り取り剝ぎ取っていくようだった。雲ひとつなく青ざめた空に、銀色に小さく光る飛行機が一機美しく展翅されているのが仰ぎ見られた。そのはるか下の堤防上を、風に吹かれながら幼児と犬を連れた散歩者がよたよたと歩いて行った。犬が小さく吠えた。すると子供が尻餅をついてわっと泣きだした。子供は立たされてズボンについた砂埃を払うために尻をはたかれた。この世のなにもかもが気に入らないとでもいうふうに身をよじり顔の半分を口にして子供は泣きつづけた。その声が傍を通りすぎるわたしを追いかけてくる。なぜかわたしも猛烈に泣きたくなる。風がばしばしと顔にあたる。

豆腐

ひとつ残っていた豆腐を夕飯に食べようと、充塡されたパックの蓋を開けた。逆さまにして取り出すべく左手を差し出したが、おかしなことに受け損ねた。

あっ。豆腐は流しのなかへ落ち、半分は塊のまま、もう半分はぐちゃぐちゃになった。

腹が立つより情けなかった。今日という今日は。ないことにカーペットのめくれた端にけつまずいて転び、鍋の汁を吹きこぼれさせて掃除したばかりのガスコンロを汚し、ＡＴＭ

の前では暗証番号をどうしても思いだせなかった。

形をとどめぬものは諦め、まだ辛うじて角を保っている半分を取り出したいが、どうしたものか。お玉でおそるおそる掬ってみる。一度では無理だ。二度、三度。水を張った小鍋へと移してやる。ぐちゃぐちゃのほうも腹に入れてしまえば同じだと思うが、じっと眺めて、やはり諦める。

半分に減ってしまった湯豆腐をふうふう言いながら食べる。しきりに水洟が出る。

ひとりでいると

ひとりでいると、思考や感情は体の内奥に押しこめられ、しだいに積み重なり、容量を増していって、のどを塞ぎかねないほどふくらんでくる。

でも慌てることはない。そうなっても声に出したり、話をしたりしないでいたい。

臭気芬々とした汚泥のようなそれら堆積物を少しずつ取り出し、辛抱強く捏ねあげ、かたちを整え、息を吹き込み、辛うじて世間にも通用する言葉というものに換えて、ふたたびこの世に旅立たせてやりたい。

ノシメトンボ

公園の広場の道をつかず離れず先導するようにわたしの前を移動していく。それも日溜りばかりを拾って。ノシメトンボは群れて飛ぶよりひとりの気儘な日光浴を好む。太陽の熱を吸った舗道の温もりと空からの日差しの温もりの二つの恩恵を存分に楽しみながら。透明な翅の先端にちかい部分が四枚とも褐色の帯に染まっていて、それがまるで昔の武家の礼服に使われた熨斗目の織物を連想させるというので、ノシメトンボと名づけられたという。が、しかつめらしい名に似合わず、その行動と翅の模様はむしろ彼または彼女に剽軽な感じを与える。極楽トンボとはこのトンボのことではあるまいか、と思ってしまうほどに。トンボの美しい翅はいつもわたしにこう話しかける。そんな重苦しいからだを脱ぎ棄ててしまって、わたしの翅を撫でる微風になってごらん。

凧を揚げるおばさん

変なおばさんがいました。おばさんじゃなく、おばあさんかな。まあ、いいや。女のひとの年齢なんか、どだいミステリーだから。

変な、というのは、そのひとが午後の一時か二時、決まって土手で凧を揚げているからです。それが下手糞なんだな。風があってもなくても揚げているのです。もしもし、と尋ねると、風があってもなくても揚がる凧なんだそうです。ふぅーん。

わたし好きなの、凧揚げが。とってもワクワクする。

ふぅーん。べつに他人の迷惑になることじゃないから、いいのかもしれません。

毎日来ているうちに（さすがに雨の日は来ません）、おばさんの凧はだんだん高く揚がるようになりました。カラスが馬鹿にして突いていくことも少なくなりました。

凧は豆粒ほどに小さくなり、空の高みに浮かんでいます。おばさんは土手の上でたるんだ糸の端を握りしめています。

いま、わたしの魂はあそこにいるのよ、凧を見上げ、うっとりと興奮しておばさんは呟きました。

そう、じゃあその糸、放さないようにしなくっちゃ、とぼくはおばさんに言いました。

この世

子供のころ、わたしの家には欲しいと思った本も絵も音楽もなかった。あったのは、誰にも読まれた形跡がないまま戸棚を飾っていた『大東亜戦史』、銀行で毎年もらってくる名画のカレンダー、ラジオから流れる三味線の音や流行歌。そして働き者の両親と四人の子供たちの質素な生活。

朝から晩まで働き、脱ぎ捨てた衣服そのままに疲れて両親は眠りの奈落へと滑り落ちていく。その隙間で夜中にぽっかり目を覚ますと、暗闇が生暖かい手で口をふさぎにくる。わたしは耳を澄まし、隣の母の寝息をとらえようともがく。寝返りをうちたいが、体が言うことをきかない。手も足も出ない。

日々の暮らしには光のあたるところと影のところがあり、両親は子供たちを、まるで植物の光合成を助けてやるのにも似て、ひとりひとり日向に並べる。日が翳るとまた別の日向を探して、子供たちを並べ直す。そんなことをくり返した。

それにひきかえ周辺の生きものはどれもふてぶてしく、体中に目や耳や舌があるかのごとく艶めかしかった。ネズミを追って天井裏を這いまわるアオダイショウ、日暮れになると軒のどこかからひらひらと飛び出てくるアブラコウモリ、銀色の条を引いて徘徊するナメクジ、壁を動く大きなアシダカグモ、追っても追ってもたかるハエ、発情して鳴く牡猫……なんとやるせない日々だったろう。子供のくせに鬱々としてわたしはしばしば自分を抑えきれず、怒り、嘆き、気を落ち込ませた。ガスを含んだ泡がはじけるように、わたしの全身からボン、ボンとケシカランの泡が破裂した。なにがケシカランのだったろう。考えても考えても考えるほどわからなくなるとついにお手上げになって、涙と鼻水で顔をぐしゃぐしゃにしてしまうのだった。

それから六十幾年をどのように転げ落ちてきたか。目も耳も口も頭も擦り切れくたびれて満足に用を足さないが、ケシカランの泡は今も体の奥深くではじける。そうして困り果てると、睫毛の薄くなった目にやはり涙が溜まる。

黄葉 ——一本の山もみじの木に

一面一色に染まってしまったのでは面白味は半減する。黄に赤や緑が豪勢に混じり、さらにその中間色が混じり、それぞれの色がたがいにたがいを埋没させよう、いや埋没させまいとして整然とひしめきあっている。その状態が鳥をも人をも引き込む。発酵した黄金の樽のなかから酔い乱れた鳥は蹌踉と飛び立つ。鬱金の飛沫を浴びて人は言葉を忘れ、危うく懐のいのちをとり落としそうになる。

木漏れ日

朝、天気のよい日には木漏れ日がガラス窓に落ちる。それを風や小鳥が気ままに点滅させていく。寝床のなかの老人は目脂のたまった目でまずその光景を眺める。目覚めてすぐは揺れる光に頭がくらくらし、まだ夢のつづきかと錯覚する。

思わず両手で顔をおおうと、耳の奥で飛礫のように短い言葉がこだまする。シニゾコナイ……いくど記憶にたしかめてもそうとしか聞こえない。見も知らぬ人からふいに投げかけられた。老人は濃い息を吐き、まだるっこい手つきで身支度をする。一日がまた始まるのだ。否も応もなく。

食パンにピーナツバター。毎朝決まりきった食べものを腹におさめる。すると体が食パン一枚分温かくなる。明るい窓際であんまりみすぼらしくなったセーターの毛玉を取る。どこかの山奥に、老人共同体を作って暮らしてみるのも一興だと考えながら。その思いつきが気に入り、手を止め表情をゆるませるが、共同体のユートピアになりうるや否やという問いにわれわれながら躓き、口もとはゆっくりと歪んでいく。

木漏れ日はもうとっくにない。あるのは隙間だらけになった頭をバラバラに分解してしまう黄色い日差し。底の知れない朦朧へと老人を引きずり落としていく日の温もり。

蟬のぬけがら

散歩の途中、かなり古い桜の幹の、それも地面にちかいところに蟬のぬけがらがくっついているのを見つけたことがある。一月の寒い日であった。前の年の秋には大型の台風がこの辺りを直撃して、狭山公園のなかだけでもアカマツ、クヌギ、サクラ、ヒマラヤスギ、ドイツトウヒなど幹が太く丈も高い木が幾本も裂けたり折れたり倒れたりした。そんな激しい風雨のなかを、この蟬のぬけがらは足の一本も折れずに、華奢な触覚も痛めずに羽化を終えたそのまんまの恰好でずっと木にしがみついていたというのだろうか。いやいやそうではなく、台風の過ぎ去ったあとに羽化したと考えるべきだろう。そうひとりで頷きながらわたしは、ふつうの蟬のぬけがらよりもひとまわり小さく色も薄いそれを注意深く樹皮から離し、散歩の途中も毀さないよう神経を使いながら手のひらに包んで家へ持ち帰った。ヒグラシかホウシゼミかどちらかだろうと見当はつけていたが、二センチ余りの細長いそれは、調べてみるとどうやらツクツクホウシらしいとわかった。その後気をつけて見ていると、直接風雨のあたらない場所には冬になってもさらに春になっても蟬のぬけがらが残っていることがあった。いつまでもしがみついているその姿はなぜか、わたしを堪らない気持ちにさせるのだった。

そうなのだ。蟬のぬけがらを見つけると、わたしはへんに心が揺さぶられるのだ。やり過ごして通れず、そっとつまんで手のひらにのせてみたくなる。そして重さというものの全く感じられない、まさに吹けば飛ぶような軽いものをつくづく眺めたあと、自分でも不思議に思えるほどの親しさを感じずにはいられない。わたしの目の前にあるものはたしかに以前一匹の蟬のからだの一部であったものである。その分身というべき蟬はいまや木の高いところで鳴いたり、木から木へ飛んだりしているのに、このぬけがらというものはところどころに乾いた土をつけたまま明らかに取り残され、動けず同じところでじっとしているのだと思うと、まるでセルロイドでつくられたような精妙な造形がいとおしくなる。地中深く暮らしていたときの衣裳を蟬は古くさいとばかり脱ぎ捨ててしまうが、時代遅れの役立たずとなった古い衣裳のほうは木や草や石垣やしがみつけるところならどこにでもしがみついて、薄い鎧のような姿を曝しつづけるのだ。その最大の特徴は、ぬけがらがそのまま一個の昆虫としてすぐに動き出してもふしぎはないと思われるほど形態として具体的に整っている点である。シャベルのような前脚を含め、尖った爪を持った六本の脚。口はストローのように伸び、二本の触覚には細かな体毛も生え、大きなレンズの二つの目はよく光り、左右の翅は小さすぎるとしても、腹部の模様はくっきりと刻まれている。背中が左右に割れ、そこからなにかが無理矢理出ていったらしいことを除けば。ほとんどどれもそうなのだが、割れ目には白い糸のようなものがついている。その白い糸がなにか生々しい蟬の肉体の名残とも見え、わたしは少し悲しくなるのだ。

しかしこんな場合はどうだろう。長い地中生活をやっと終え飛び立つべく這い出してきたにもかかわらず、どこにどんな間違いがあったのだろう。殻からいつまでたっても抜け出すことができず、踠いても踠いても、いや焦れば焦るほどきつく殻の中に閉じこめられ、柔らかな蟬のからだは翅も脚も伸ばせず時の経過とともに無情な殻の中でしだいに固まってしまうことがある。殻が身二つになるのを望まず羽化を阻んだともいえるし、蟬の羽化への願望が希薄だったからともいえる。殻から身半分外へのけぞらせたまま死んでいる蟬は、見るものを慄然とさせる。生と死がどのように痛ましくせめぎあったか、それが一個の小さな塊となって目の前にあるからである。憤死のようなこの塊にくらべれば、羽化した蟬、そのぬけがらはどちらもそれぞれの完結した形を示しているともいえる。わけてもぬけがらは繁殖の本能からも逃れて清々《せいせい》としてみえる。

公園

十二月二十五日の正午ごろ、東京都と埼玉県の境に位置する丘陵の公園の広場で、ベンチに腰かける四、五十代の男を見た。ダウンのコート、マフラー、帽子に身を包み、据えつけのテーブルの上ではキャンプ用のコンロで大きなステンレスのカップに湯を沸かしている。ほかにペットボトルの水、カップラーメンが置かれているから、男が戸外で簡単な温かい昼食を摂ろうとして用意してきたのだとわかる。日は照っているとはいえ、日差し以上に風が冷たい。おまけに風を遮るものもない吹きさらしの場所だから、じっと座っているだけでも体から熱が奪われていくだろう。男はホームレスではなく、ただの物好きであるが、おそらく予想以上にうまい食事になるだろう。

年が明けて一月のある日、晴天とはいえしんしんと底冷えのする日に、同じ公園のベンチのテーブルで七十代くらいの男がやはり昼食をひろげているのに出くわした。小柄な男は着ぶくれた暖かそうな恰好で、並べた豪勢な弁当に箸をつけていた。通りすがりにちらと見ると、ゴマののった赤飯が一段と、色とりどりのお菜が詰めこまれた二段の弁当である。ひろげた風呂敷の上には魔法瓶、みかんまで置かれている。風呂敷の端がときおり風にめくれあがる。今日は男にとってなにかの祝いの日なのだろうか。それにしてもなぜこんなところで？　この手の込んだ弁当を作ったのは誰だろう。男の妻か。娘か。同居している息子の嫁か。まさか男自身？　あれこれ想像をめぐらせるのはちょっと愉快である。

公園は、正午前から一、二時間ぱたりと人影がとだえる。そんな朔風の吹くなか、冷え冷えとした日を浴びただ歩きまわるのが、わたしの日課である。

サルマタと半ズボン

一九四五年、八月初めのころであったろうか。ともかくも敗戦直前のころの暑い日中、小田原城の濠端でのことである。空襲が全国に激しくなり、疎開させる荷物を駅まで出しに行って三好達治は空の荷車を引いて帰る途中であった。サルマタひとつにチヂミのシャツを羽織ったばかりのしどけない恰好だった彼は、偶然にも、半ズボンに半袖シャツ、白ズックの小学生鞄を肩にかけた広津和郎に出会った。広津氏は若々しく見えた。きまり悪げな三好氏に向かい広津氏は、「彼においてふだんもよく見うける皮肉なような心切なような、一種小父さん式の苦笑をされた」。顔を見合わせてもおたがいなにも言うことはなく、「広津さんはかぶりを一つふって、／――いけないいね。／といわれた。私もちょっと間をおいて、その真似をした」と三好氏は記し、いくらかためらったのち別れたとある。

これは三好達治の随筆「滄桑《そうそう》」の冒頭の部分からの借用である。広津氏の「小父さん式の苦笑」はおそらく三好氏のこれ以上簡素になりようのない恰好、ひいてはわが身の恰好にたいしてのものであったろう。そして「いけないいね」も、直接的には三好氏のサルマタに向けられたものであったろうが、そこからさらに知恵も分別もある大人である彼ら二人にこのような恰好をさせている日本という国がもうどう転んでも大敗するしかないところまできたのを見透しての言葉であっただろうか。ちょっと間を置き、三好氏が広津氏の真似をしてかぶりをふってみせたところ、硬骨の詩人の意外な茶目っ気のある仕草が目の前に浮かぶようである。

その出会いからいくらかたった八月十四日深夜、小田原は空襲を受けて目ぬきの一画が焼け、翌日の昼にはラジオで天皇の放送が流れた。たたき割ったガラクタで風呂をたてていた三好氏にはそのことになんの感動もなかったが、裏の家で正座して聴いていた子供たちがおいおい泣きだしたのを見て、ついもらい泣きしてしまったという。

この随筆の「滄桑」という題について、わたしは辞典によってその意味を知ったが、「滄海桑田」の略で、桑畑が大海となり、大海が干あがって桑畑となるような世の中の激しい変化をいう言葉らしい。戦後日本はこの言葉どおり大きく変わった。いやせいぜい上べだけは大きく変わったと言えよう。その表にあらわれてこないところ、言葉にもなりにくい臍のようなところについては、しかしほとんど変わらないままだったのではないか、よかれ悪しかれ、と戦後七十年がたった今そう感じる。

色

縁側に腰かけ両足をぶらぶらさせながら光のほうへ顔を仰向け目を閉じると、瞼の裏が薄い血の色に染まる。強く閉じると、深紅の薔薇を敷きつめた濃い紅になる。しばらくそうしたあと体を回し家の奥へ顔を向ける。すると瞼の裏が刷毛ではいたように薄紫になる。強く閉じると少しずつ濃度を増し、藍がかった灰へとどこまでも沈んでいって一匹の大きな象を生み出す。

子供のころ、それをくり返してひとり遊んだ。クレヨンにも色鉛筆にもない、 影の色と同様紙に描けない瞼の裏の色だった。

眠り

眠る。全身を折りたたみすっぽり函に入っているように四角くなって眠る。棺桶に似て棺桶ではない。眠りは四角いかたちをしていて、人をその矩形へと合わせてしまう。睡眠のとき人が夢へと彷徨うのはそのせいかもしれない。

夢のなかであるときわたしは目が見えない。耳も聞こえない。ただ臭覚と触覚ばかりで芋虫のように這いまわる。もはやこの世にいない人の足の裏に触れ、その指のあいだの腐臭をかぎ、伸びたり縮んだりしながら自分の死を予感する。そして手が摑む。細い縄を。蛇だと知らずに。嚙みつかれて目が醒める。

ハエトリグモ

ハエトリグモの顔を見たことがありますか。わたしは見たのです。正面からまじまじと、虫眼鏡ごしに。なんと目がたくさんついているでしょう。そのうちの二つの目は大きく真黒でつぶらで、文句なしに愛らしいものです。思わず手もとの紙切れにスケッチしてみたくらいです。

ハエトリグモは、机の上のわたしの友人です。書けないと

き、書くのに倦んだとき、かれはどこからともなくやってきて静かなまま頓着なく動きまわり、アクロバットまでやってみせて、わたしの目を楽しませてくれます。ずんぐりした体に似合わず、その跳躍力のすばらしいこと、なにしろハエを捕まえられるほどですからね。体調一センチにも満たないかれを見ていると、わたしは自分が途方もなくでかい図体の持ち主だと今さらながら気づかされます。この身がこれほど大きくなければならない理由はどこにあるのだろうと考えさせられ、どこにもないと思うと体が縮むようです。

わたしが虫眼鏡で顔を覗きこんだとき、ハエトリグモはなんだかもじもじしていましたが、その黒い真ん丸の目はわたしをどのようにとらえたでしょうか。その瞳に映った奇怪なわたしを想像すると、ちょっぴりかなしくなります。

痛いよ、痛いよ

急に表が騒がしくなったので、母親の下駄をつっかけ戸を開けて外へ出た。ばらばらと人がとり巻くなかに、ひっくり返った自転車となかば横たわった若い男がいた。男は怪我をしていた。投げ出された足からは深くえぐれた傷の奥に白い骨が見え、肉が見え、皮膚のすぐ下にぶ厚く黄色い脂肪がまるで湯のなかでひらいた魚の卵のようにはじけているのが見えた。男の声が聞こえる。なんだろう、なんと言っているのだろう。傷口から顔へ目を移すと、彼は、痛いよ、痛いよとただそれだけをくり返して泣いているのだった。涙でゆがんだ表情は、当時五歳のわたしから見てもまだ子供っぽかった。

小学一年のとき、取っ組み合いのきょうだい喧嘩をしていて、わたしはガラスの戸に片足を突っこんだ。足の数箇所からみるみる血が吹き出てくるのをしばらく眺めていてから、わっと泣いた。傷口が捲れあがり黄色い脂肪が見えていた。痛いよ、痛いよと声が出た。それから一週間ほどわたしは学校を休んだ。

正月に家族そろって母の生まれた在所へ訪ねていくと、祖父母は飼っていた鶏の一羽をつぶし、孫たちのためにすき焼きにしてふるまってくれた。それはつい今朝がたまで前庭を鶏冠を振りながら歩きまわっていたのだった。食卓の皿に盛られた鶏の肉にもあの黄色い脂肪の塊があった。醤油や砂糖で煮られても脂肪はやはり肉にくっついて黄色く、ふつふつと鍋のなかで揺れていて、わたしは箸をつけるのがためらわれた。

春

いつ雨が落ちてきてもふしぎはなさそうな色の抜けた空が、薄い燈をともしたようにふっと明るんだり、かと思うと重苦しいまでに陰鬱になったりする。このごろ陽気がざわついてしばしば雨もよいになるのは、春がすぐそこまで来ているからである。地面の草は灰褐色に枯れ煤けてはいるが、雨は地を甘く潤し、地は南風とともにふたたび豊饒を予感させる湯気を立ちのぼらせる。草々は萎れ破れた去年の葉の蔭から柔らかい緑を伸ばし、木々は固く鎖していた冬芽の衣をゆるゆるとほどきはじめる。そしてひと雨ごとにそれらは一気に、恥ずかしげもなく大きくなる。

今日は、雛の節句。

生きている

たとえば一〇〇メートル走で、よーいどんといっせいに走り出すとき、試験の用紙を配られ、始めとやられるとき、そのとき、なにか震えがくるような恐ろしい嫌な気持ちになるのです。どんとやられないと、わたしのような人間はいつまでたっても同じところで足踏みしていて前へは進めないのですが。

たとえば錠剤を飲みこむのでさえ、舌の奥に薬が貼り付いたまま水ばかりが喉を通っていき、目薬をさそうとしても、一滴ぽとりと落とすその瞬間どうしても目を瞑ってしまうのです。口を開けば、言わなきゃよかったと後悔することを喋り、相手と自分との距離を計りそこねてヘマばかりします。泥のつまった頭ではものを考えることもできません。

どうなのでしょう。こんなわたしが生きている、そのことにほとんど意味がないとしても、それでも現在ただいまわたしはこの世に在るのです。

いのちの洗濯

いのちの洗濯、と言ったりするけれどね。おれの場合は文字通りなんだ。文字通りいのちを洗濯するわけさ。言っとくけどね、こころじゃなく、いのちなんだよ。こころなんてやわだからね、洗ったらすぐにへたってしまう。

それでいのちが袋かなんかに入っててさ、それをひっくり返してなかをじゃぶじゃぶ洗うのさ。そのときいのちが流れ落ちてしまわないよう、気をつけなくちゃいけない。こびりついた垢や汚れを取って、またさっぱりさせて使おうというんだ。つくづくと見たら、いい加減くたびれているんだけれどね。こんなによれっとしてしょぼくれたやつを、また袋に詰め体のなかにしまいこんでこき使おうなんて、なんだかひどく後生の悪い思いがするなあ。まあどうなろうと、おれは知らないけどさ。

夜の色、わたしの

夜の闇がざらっと顔を撫で目や耳や口を塞ぎにくると、わたしはいつもの仕事にとりかかるのです。そう、自分の屍を横たえる棺の意匠に腐心するのです。やがて来る死がわたしの背を打ち、そうさせずにはおかないからです。

しかしどうにも出せなくて、その色が、つまりわたしの夜の色が。七十年ちかくものあいだわたしが迎え、送り出してきたおびただしい夜々の色が。有りあわせのボール紙や拾ってきたベニヤ板、矩形に截ったそんなものに絵筆で色をのせ、さらに色をまき散らし、こそげ落とし、また色を塗り、息を吐きかけ、口づけし、悪態をつき、引掻きまわし……来る夜も来る夜もそうせずにいられません。その色が、つまりわたしの夜の色があらわれ出てくるまでは。

けれど闇の時間のなんと短いこと。世界がもうはや夜明けへと回転しはじめる。その絶望的な気配に、わたしの両の目から今夜もまた失意の涙がしたたり落ちるのです。まだ絵具の乾ききらない、誕生前の夜の色の、そのうえに点々と。*

＊ロベール・クートラス展を観て

鳥、ほか

疎水で

人造湖から排出された水がヌマスギの一群の低地へ流れ落ち川へといたる疎水に、一羽の白鷺がいた。片脚を泥のなかでツッツッと動かしては、素早くなにかを啄ばんでいる。泥を掻いては嘴の先でなにかを捕らえる様子に興をひかれ、食事の邪魔にならぬかと怖れながら小さな橋の真ん中で足が釘づけになった。泥のなかになにがいるのだろう。水棲の小動物をいくつか頭に浮かべてみたけれど、わかるはずもない。

三月初めのまだ枯れ色におおわれたくすんだ風景のなかに、白い絵具をじかにそのまま置いたような鷺の姿は、長いあいだわたしの目の奥でその純度を保っていた。

藤

古い桜の木が梢から幹の半ばまでを見事な紫に装っている。夢のようなと言っていいほどのあでやかさだが、その正体は桜の幹や枝にきつく蔓を絡ませた藤の花房の群れである。おかげで老いた桜は息も絶え絶えだ。

すぐ近くで鶯の啼き声がする。

ハクセキレイ

ごろた石が埋めこまれた堤防の一隅で、一羽のハクセキレイがそのあたりに群がる雀をせかせかと追い払っている。雀どもを遠ざけておいてから近くにとまっていた燕のそばへ寄っていき、うって変わって澄ましてじっとしている。燕がふいと湖のほうへ飛んでいけば慌ててあとを追っていくが、燕は身軽にかわして別の方角へ去っていく。するとひとりになったハクセキレイは水際へ降り、また澄ましてぽつんとしている。

モズのはやにえ

十一月の初め、電線にモズがとまって啼いていた。その後ときおり彼の姿を見かけることがあった。

十二月の初め、庭の野薔薇の枝にモズのはやにえを見つけた。獲物はショウリョウバッタだった。

二年ほど前には雪柳の枝にはやにえにされたトカゲがあった。ということはモズはほぼ毎年やって来て、なにかしら獲物を枝に突き刺しているのではあるまいか。はやにえを礫ともいうそうである。トカゲのほうは見つけたときすでにミイラとなっていたが、バッタのほうは二週間後には見えなくなっていたから、無事モズの胃袋におさまったものと思われる。

そうそう野薔薇の枝にはほかに、久しぶりにミノガの幼虫が継ぎはぎの地味な袋をぶら下げていた。

巣

裸になったコナラの木の梢にバレーボールのボールくらいの丸いものがくっついているのが見え、ずっと気になっていた。なんだろう、鳥の巣だろうか。一度双眼鏡でたしかめてみよう。見上げるたびそう思いながら、その場を離れるとたちまち忘れてしまった。ところが大雪のあとコナラの横を通ると、その丸いものは積もった雪のうえに落ちていた。それは半ば欠けており、巣には違いなかったが、鳥ではなくスズメバチの、しかも古いものだったのでがっかりした。でもなぜがっかりしたのだろう。

禾本科の植物

エノコログサやカゼクサなど禾本科の植物が堤防の斜面のほぼ全体に生え、すくすくと真直ぐに伸ばした茎の先に穂をつけ、さざめきながら浅い緑を揺らせていたのはついこのあいだのことだった。いつのまにか季節は移ろい、いまや植物は黄、橙、赤、茶、黄緑、緑、灰などに自らを染めあげ、眠りに落ちる前のように物憂げにみえる。ところが風が吹きわたると、それらは生き返ったようになびき、ざわめき、雲形の曲線の波紋をえがいて、斜面全体が獣の大きな美しい背中のようになる。

目玉クリップ

昔からある金属製のクリップ。指で押さえるところに丸く穴が開いているので、目玉。いまはこの世にいない夫が愛した文房具のひとつ。サイズの違うのをいくつも、買ってきておくれ、と買物に出かけるわたしに言う。まだ引き出しにあるのにと思っても、またいくつか買って戻る。いつごろからだろうか、留めたところが嵩張らず折りたためるプラスチックと金属でできたクリップが出回って、重ねたり封筒に入れたりするときにはこちらのほうが重宝するようになったが、それでも夫は目玉クリップを買ってきてと言い、わたしは何個かセットになったのをやはり一つ二つと買って帰った。

そして夫がいなくなったあと、家の中から出てくるわ出てくるわ、大中小の目玉クリップ。よくもこれだけ。金属製のその目玉を見ていると、太い指でつまんでは分別したあとの紙の束を留めていた夫の手がしきりに思い出される。どちらかといえば不器用な手だったが。わたしの目にじわっと涙が溜まる。

昼の星

星は夜空にだけあるのではない。昼の空にも、しかと見えないけれど同じように無数の星がまたたいているのだ。そのことをわたしたちが忘れているだけなのだ。と、ひとりの優しくて残酷な詩人が呟いていたが。光に充ちた昼の空にまたたいている星……それは想像するだけでせつなく、胸の裡を無言の声で溢れさせる。

そういえばわたしたちは、本来は見えるものをあたかも無いもののように見ずに済ませ、静寂の底から湧きあがってくるひそやかな音を近くの騒音でかき消し、感じやすい心をわざと乾涸びさせてしまっているのではなかろうか。

腹を病むと

腹を病むと、同じ病気で苦労した誰彼のことが頭に浮かぶ。同病相憐れむという類いかもしれない。今回はたまたま実在の人物でなく、小説にもなり映画にもなった一人の人物が思い出された。名は赤西蠣太。小説のほうは志賀直哉の手になり、映画は伊丹万作の手になる。映画は小説にのっとっているが、どちらもめっぽう面白い。思い出されるのは、その中の次のようなシーンである。つまり赤西氏は武士のくせに酒を嗜まず、菓子が大好きであった。そのため始終胃腸を病んでいたが、あるとき激甚な腸捻転を起こした。医者でもとうてい直せまいと思った彼は自ら腹を切って腸のよじれを直したのち、ふたたび元に戻して治してしまったというのだ。まるで嘘のような話だから、そのあたりは小説でも映画でも曖昧になっている。が、なんとも思いきりよくすっとぼけた話にはちがいない。

腹痛に襲われると、自分の体の中のことながら手も足も出せずただ青ざめ脂汗を滲ませる不甲斐なさに、赤西氏の快挙を思い出してつくづく羨ましくなる。

ポップコーン

急に風が吹いてポップコーンが山盛り入った紙のカップが倒れた。公園の木のテーブルから泡のような白い菓子がそこら中にこぼれ落ちた。慌ててベンチから滑りおりた子供が草の上に散ったのを拾って口に入れはじめた。通りかかったよその子が同じくつまんで食べはじめた。二人は競争するようにむきになってポップコーンを口に押し込んだ。カラスがやって来て仲間に加わった。ムクドリ、スズメも遠巻きに眺めだした。詰めこみすぎたせいか、ひとりの子供が口の中のものを吐き出した。カラスが飛んできてそれらをあっというまに平らげた。草の上からベンチの上そしてテーブルの上へと下から順にポップコーンが消えていった。子供たちはさすがに食べ飽きた。倒れたカップに残っていたものを、どこからか戻ってきた子供の両親が食べた。ほんのちょっとしかなかったので、子供は叱られた。

大だこ焼

春の花見、秋の紅葉狩り、天気さえよければ人が次から次へとやってくる公園の入り口に、年に二回のその季節、大だこ焼と看板を掲げた屋台が立つ。大だことあるから、ふつうのより大きいぶつ切りのたこが入っているのか、それとも単にたこ焼が大きいだけなのか。周囲には油に熱せられた小麦粉の生地の焦げる香ばしい匂いがただよっている。匂いで客を呼び寄せる仕組みである。痩せてひょろ長い四十恰好の男がうす汚れた前掛けをしめ、鉄板の前に立っている。その後ろか横で発泡スチロールの皿や爪楊枝や手提袋などこまごましたものを按配しているのは男のかみさんであろう。屋台初めの日、夫婦ものらしい二人がたがいに冴えない顔色のまま突っ立っているのが眺められたが、翌日からは亭主ひとりになって、手持無沙汰に椅子に腰かけぷかりぷかりと煙草をふかしているのを目にすることが多くなった。その口はいまにも欠伸のために大きく開きそうにみえたし、あたりにぼんやり投げかけられた視線にはどこか飽き飽きした感じがあった。

花見や紅葉狩りといってもたかだか一週間か十日ほどのあいだである。それも毎日晴天とは限らない。冷たい風の吹く曇りの日や雨の日も混じる。そんな日は屋台の鉄板の上に終日ビニールシートがかぶせられ、亭主の姿はない。いったい幾日、どれだけの儲けがあるだろう。だいたい公園に来る家族連れは、家から拵えてきたものや途中のコンビニなどで買った弁当やなにかを提げて、屋台の前を通っていくのである。熱々のたこ焼はまた別の食欲をそそるものだが、財布の紐はそう簡単にはゆるみそうもない。

前を通るとき、わたしは屋台のほうをちらと見るには見るが、すぐ目をそらせてしまう。目が合ったら客だと思われそうな気がして、じっと見ることはしない。公園へ行くとき、わたしは飲み食いとは無縁のただの歩く人、眺める人にすぎないのだからと胸の裡で言い訳をして。

やがて桜も散り、あるいは紅葉も終わりとなると、公園の入口にとり残されたようにぽつんと立つ無人の屋台はいっそうみすぼらしくなる。打ち上げられた破船のようにさえ見える。鉢巻きをしたたこの絵の看板が鮮やかなだけよけいわびしく、あのちっとも商売熱心でなかった亭主とそのかみさんの暮らし向きについていくらか想像してみてさえ、背中がすうすうと寒くなる気がする。

嫩葉

高く伸ばした枝の先に欅がけぶるような緑を吹き出させている。四方にひろがった枝々はいっせいに芽吹くのではなく、気の早いのからのんびりしたのまでさまざまだが、どれも年頃の少年の口もとにうっすらと生えはじめる髭のような初々しさに彩られている。

四月、空にたなびく煙にも似たあわあわとした欅の嫩葉を見上げていると、なんだかあんまりたどたどしいので、溶いた絵具を筆にふくませ、上からさっと色を掃いてやったらさぞ面白かろう、とそんな悪戯心さえかきたてられる。

すかんぽ

駅の近くの溝そばからすかんぽと思われるものを一茎折り取って持ち帰った。念入りに調べ、正真正銘のすかんぽ即ちスイバだとわかり、ほっとした。スイバとギシギシを混同していたときがあり、自信がなかったからである。採ってきた茎は中が空洞になっていて、噛むと爽やかな酸味が口中にひろがった。

すかんぽは、わたしにはある意味で特別な植物である。木下杢太郎とわたしを繋ぐもののひとつとして。かの詩人はこのありふれた雑草をこよなく愛した。色、形、味、すべてを愛したといってよい。

かつてまだそれほど多くの雑草と馴染みでなかったとき、また李太郎にも親しんでいなかったとき、わたしは次のような歌の出てくる小説を読んだことがある。

「むかしの仲間も遠く去ればまた日ごろ顔あはせねば知らぬ昔と変りなきはかなさよ春になれば草の雨三月桜四月すかんぽの花のくれなゐ……」

それは阪田寛夫の「酸模」と題された作品だった。大阪に住んでいた阪田少年の家に東京から従兄の大中恩が遊びにきて、李太郎の詩に山田耕筰が曲をつけたこのハイカラな歌を口ずさんでみせたらしい。詩にふくまれる淡く甘い憂鬱が思春期に入りかけた少年たちの悩ましさと微妙に重なっていく、そんな短篇に仕上がっているものだった。

それから一、二年たってわたしは木下杢太郎を読むようになり、詩集のなかにあらためてこの「むかしの仲間」の詩篇を見出した。詩は先に引用したのにつづいて、

「……また五月には杜若花とりどり人ちりぢりの眺め窓の外の入日雲」

と終っている。杢太郎二十八歳ころの「抒情小吟」中の一篇である。

四月から五月にかけそこら中が草の海になるなかに、紅と緑の微小な雫をいっぱいくっつけたようなすかんぽの花穂がすっくと伸びて風に揺れている姿は、まことに好もしいものである。「その茎のみづみづしさ、その色のほのぼのしさ、また其花其実の風情」と三十歳ころの詩人は書き、亡くなる

六十歳の年にもこの植物にまつわる思い出は懐かしく語られていたものだ。

杢太郎とわたしを繋ぐ形あるものはほとんどないと言ってよいが、すかんぽを愛でるときだけは、たしかにわたしは彼のごく近くに立っている気がするのである。

古い朝鮮の人形

1

それは高さ四寸とあるから十二センチほどの、蠟石を刻んだ古い朝鮮の坐像である。それはまた高麗人形とも記されている。その人形を中野重治は厳父から受け継ぎ、長く惜愛した。古本屋でたまたま『沓掛筆記』を手にしたとき、カバーにこの人形の写真があったので、わたしの心は躍った。それまでは随筆「酒屋にいて書く　一」と小説「むらぎも」のなかの文章から想像するだけだったからである。大きな頭部はほぼ逆三角形で、左右大きさの違う耳がついている。端座した人形は衣服の襟をきちんとあわせ、ゆったりとした袂に交互に両手を差し入れている。「人中《にんちゅう》の深いその唇は、ときにはほのかに笑いをおび、ときには悲しげに慄えている。そして切れの長い眼は常に半眼にとじている」と中野氏が記していたその表情は、残念ながら写真からはいまひとつ摑めなかった。つまり写真でその姿形を見たからといって、高麗人形を見たことにはならないのだった。実物を目の前に置いて眺め、両の掌で包み、そっと撫でる……そんなふうにしてみなければこの人形が湛えているものは伝わってこないのだろう。せめてわたしは中野重治の文章を頭に浮かべ、すでに知っているような、まだよくは知らないような、童子のような、あるいは老人のような石の人形を思い描き、彼の言葉に導かれるまま想像の指先で触れてみよう。それだってわたしには充分愉しいことにちがいないから。

2

それは高さ二十センチばかりの、三角お結びをたてに少し長くしたような形をした素朴な石の人形だ。きわめて大まかに凹凸がつけられ、荒く刻まれているだけなのに、一目したとたん忘れられなくなった。説明書きには十九世紀朝鮮時代の羅漢像*とある。羅漢といえばいえようが、また一方で修道女か百姓女のようにも見える。頑丈な体に頭のてっぺんから足首までをおおう衣裳を身につければ自ずと釣鐘に似たかたちになり、この石の人形そっくりになろうから。

人形は両手を前で重ね、言われなければわからないほどに頭を傾げ、口をきゅっと結んで静かに眼をひらいている。その小さな石塊が自身の容積いっぱいに寛やかな時と温かい空気とを湛えているので、近づけたこちらの顔にそのゆったりとぬくいものが反射してくる。そのままなお動かずにいると、人形の結ばれた唇のあいだから言葉にならない柔らかい声が洩れ、耳朶を擦っていく気がする。そう、たしかにわたしは聴いたのだ。なぜならその声のようなものは、わたしの体のなかの空洞を二度ばかりこだましたのだったから。

＊日本民藝館所蔵

いつもすこし

わたしはさびしくはない。ただいつもすこしかなしいだけだ。生きていることが。染みの出た手の甲に青い血管を浮き出させていることが。義歯の入った口でほかの生きものの肉を咀嚼することが。他人に向かって訳もなく薄く笑ったり、隠れて排泄したりすることが。いつもすこし腹立たしいだけだ。

ホオノキがひと月のあいだに十センチばかりも伸びた。ホタルブクロがかすれた赤紫の花を俯きに揺らせはじめた。カメムシが干した洗濯物の隙間にもぐりこみ、ヤモリを狙ってアオダイショウの子供が姿をあらわした。

もうあとすこし、生きていようか。

ヘビの子供

アオダイショウの子供が道端で死んでいた。家の玄関で見かけてから半月ほどがたったころのことだ。体長は七、八十センチほど。細い胴だった。死因はわからない。昼の光のなかにその全身が曝されていた。うす青い背に刻された模様となめらかな白い腹は、恥知らずな外の世界にたいして自身の内側を必死に護っているようにみえた。口が開いていた。そこにもうハエがたかりはじめていた。

久しく見なかったヘビに出会った驚き、湧いてきた喜び、それらがわたしにむなしく蘇った。一日たち二日たっても胸はざわめいて静まらなかった。わたしはかなしかった。

昼下がり

夏蜜柑の木が濃い影を地に落としているあたりからふと、黒揚羽が湧いて出た。一匹、そしてもう一匹。焦がれるように交互に高く飛んだかと思うと、もつれあいながら急降下する。地面すれすれにまで落ちてくるときには、翅が翅をたたく音さえ聴こえるようだ。とぎ澄まされた光はほぼ真上から降りそそぎ、二匹の蝶をくまなく照らす。ヒトの形をしたわたしは道路の上で斜めに傾いで立っている。息を殺し。朝方、ミンミンゼミの大合唱に混じって一匹だけ時期尚早のツクツクホウシが鳴いていたが。いま蟬たちはむしゃむしゃと昼下がりの沈黙を食べているらしい。傾いだわたしの足元に、仰向けにひっくり返った一匹のミンミンゼミ。つまんで掌にのせると、きっちりたたんだ緑の脚と光る目が「待って、今すぐ起きます」と言いそうな気がする。蟬に耳があるならまさしく、耳と耳のあいだに蟬は坐っている、*と言ってよかったろう。わたしは掌に蟬を恭しくのせたまま歩きだした。

道端の石榴の固く締まった実はまだ割れていない。

*『アイヌ神謡集』から

雨

降りつづく雨の下では、木も草も鳥も虫もそのほとんどが息をひそめなすすべもない。微小な貝殻が象嵌されでもしたように鈍く光るツマグロヒョウモンの蛹は、植木鉢の縁にぶらさがったまま羽化できずにいる。人が往来しないので、いたるところに蜘蛛が網をはりめぐらし、地上では蛞蝓ばかりが水膨れに肥って這いまわっている。庭の金網の向こうの落葉が分厚く溜まっていたところでは一か月ほど前、野良猫が子猫を二匹産んだが、予感があったのか、雨の前に親子ともども姿を消していた。

家の窓の内側に、貼りついた女の顔がある。女は魚の目をしている。ときおり口を開けて喘ぐ。酸素が足りないとでもいうように。そうして雨が洗いつづけている外界を飽きずに眺めている。食卓では、冷めたお茶のうえに埃がかかり、パンにはもううっすらと黴が生えかけている。

雨の音は、家の内部ではラジオの奥から聞こえるかすかな雑音のようにも響く。その音に混じって、どこからか子猫の鳴き声が聞こえる。そんな気がして女の目がふっと動く。体の奥深くから湧きあがってくるある気配がある。女は傘をさして庭に子猫を探しに出てゆく。子猫はおろか母猫の姿もないのに、女の魚の目には雨に濡れた子猫が見える。毛が体に貼りついて針金のようになった子猫が。

女が家に戻ったあとは、なぜか雨が家のなかにまで降りはじめる。すべてのものを芯までずぶずぶに濡らさないではおかないとでもいうように。

スズメガの幼虫

秋の初め、舗道にスズメガの幼虫が転がっていた。この季節にはときおりこうした出来事に行きあたる。見上げた石垣の上には剪定されたばかりの木々があったから、運悪くそこから落ちてきたのであろう。六、七センチほどの翡翠色に美しく肥ったのを拾いあげると、びっくりするほど強い力で指に巻きついてきた。その力強さにうながされるように急いで家へ帰り、庭の繁みのなかに置いた。手の指にしばらくのあいだ、巻きついていた幼虫の感触が火傷のときのように残った。それは思いがけなくも遠くからひとつの記憶を呼び起こした。生まれてまもない幼子の指に握られたときの手の感触を。記憶の井戸の底から、いま新しく。

「夕焼け小焼け」

夕刊をとりに家の外へ出ると、見計らったように近くの空地に設置された拡声器から「夕焼け小焼け」のメロディが流れてきた。夏と冬とで時間も曲目も変わるが、寒いいまは毎夕きっちり四時半になると放送される。たいていは家の中で聞くともなく聞いている曲が、その夕刻ばかりは間近に明瞭に耳に届いてきた。立ち尽くした耳の奥に最後の音が鳴り響いたあと、わたしの頭に去来したことといえば、自分がこの世から消えたあとも、今日と少しも変わりなくこの曲は拡声器から流れるのだな、ということだった。するとちょっとのま胸が締めつけられる気がした。こんな感慨は年齢相応のものので特別なものではないだろう。ときたまではあるがわたしには、自分が死んだあとのこの世がじつに明るく生動感に溢れて想像される。そしてそこにひとりの人間の痕跡はおろか、塵ひとつほどの変化も見られないことに妙に安堵させられる。

その路地《ろじ》をぬけて

著者　岩阪恵子《いわさかけいこ》

発行者　小田久郎

発行所　株式会社思潮社

〒一六二―〇八四二　東京都新宿区市谷砂土原町三―十五

電話〇三（三二六七）八一五三（営業）・八一四一（編集）

FAX〇三（三二六七）八一四二

印刷・製本　創栄図書印刷株式会社

発行日　二〇一六年十二月十日